希望

杉山平一詩集
Sugiyama Heiichi

編集工房ノア

詩集『希　望』　目次

＊

＊

装画　又木亭三《またきこうぞう》
「立ちばなし」
装幀　森本良成
（カット　著者）

*

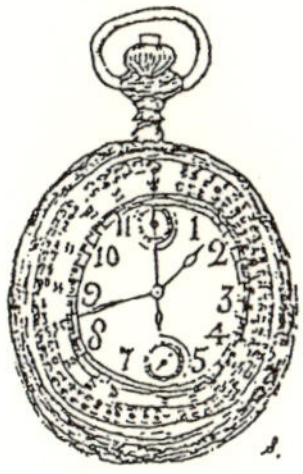

希望

夕ぐれはしずかに
おそってくるのに
不幸や悲しみの
事件は

列車や電車の
トンネルのように

とつぜん不意に
自分たちを
闇のなかに放り込んでしまうが
我慢していればよいのだ
一点
小さな銀貨のような光が
みるみるぐんぐん
拡がって迎えにくる筈だ

負けるな

顔

子供の画く太陽が
ニコニコ笑っている
手も足もない
身体全体が顔なんだ
手や足や胴なんかどうでもいいのだ

人間は顔が太陽なのだ
三人でも五人にでも視線を浴びると
もう　まぶしくて
まぶしくて

ポケット

町のなかにポケット
たくさんある

建物の黒い影
横丁の路地奥

そこへ手を突込むと
手にふれてくる

なつかしいもの
忘れていたもの

電球

スイッチを押すと
部屋は　パッとかゞやいた
私は電球だ

机は声をあげ
椅子はほゝえみ

本はしゃべり出し
本棚はうたい出した
闇は不安と謎をひき連れて
窓から逃げ出した

私は電球だ

驟雨

急行が通りすぎた
まきあげた風をのこして
うつくしい女性が通りすぎた
かぐわしい匂いをのこして
どれもそれは束の間だったが

町をひと撫ぜして洗った驟雨さながら
くすんでいた心を
キラキラ光らせてくれた
きみを僕は
忘れないよ
いつまでも

真相

すき間ふきくる風は
ときに　するどく　問い
また　目をさまさせて

すき間から覗く光景は

ときに　意外と美しく
また　ドキッとおどろかせる

きょう　ドアのノブをにぎって
パッとひらいてよいものか
何か壊してしまうのでは

反射

毛布はあたゝかい
そんなことはない
あたゝかいのは
あなたです

ダイヤモンドは
光るのではない

光を反射するだけだ

あたゝかいのは
あなたのいのち
あなたのこゝろ

冷たい石も
冷たい人も
あなたが
あたゝかくするのだ

一軒家

あんなところに
陽があたっている

どれ　どれ
どこに

ほんとだ
うれしいね

校庭に
自分の影が
四メートルにも伸びていた日

いま

もうおそい　ということは
人生にはないのだ
おくれて
行列のうしろに立ったのに
ふと　気がつくと

うしろにもう行列が続いている

終わりはいつも　はじまりである
人生にあるのは
いつも　今である
今だ

*

風の子

とび込んできた風に
カーテンが丸くふくらんだ
かぜ！　つかまえた！
子供が叫んでカーテンを抱きしめた

ヒューフー　ヒューフーと
かなしい声で呼んでいる
迷い子さがしのお母さんに
早くはなしておやり

天女

その日　ぼんやり
広場を横切っていた

そのとき　とつぜん
ドサッと女の子が落ちてきた
すべり台から

女の子は恥ずかしそうに私を見上げて
微笑んでみせた

きょうは何かよいことが
ありそうだ

つぶやき

電車はすこし混んでいた
立ったまゝで
ふと窓の外に目を向けると
虹が浮かんでいた
半円とはいえないカーブを描いて

傍に立っていた幼い小学生が

つぶやいた　低い声で
「はじめて　見た」
そうして　もう一ぺんつぶやいた
「はじめて　見た」
ワーイッ
ヤッター
スゴーイ
そんな声が嘘っぱちに見えるほど
心の底からきこえる感動のいきづかいだった

電車はまもなく鉄橋にさしかゝる

バクハツ

僕は　バクハツした

四方八方に　石が飛ぶ
声が飛ぶ
帽子が飛ぶ
上衣も飛ぶ
靴も飛ぶ

コップ　ミジンに
僕は　バクハツした

それが死ぬということ
いや
新しく生まれたということ

走れ

目の前だけを見て走れ
足元だけを見て
走れ

遠くを見て走れ
はるかな目標を思って
走れ

いや　自分のリズムに乗って
走れ

必死で相手を抜いたのに
接着剤さながら
背中にはり着いて離れず
ついに追い抜かれて

倒れた

捨てる

えーっ
稲妻のようにひき裂く
くしゅくしゅに　まるめる
もうひとつ　強く自分を押し込んで

屑かごへ
ビシャッと投げ込む
するっと入ったのは
一度だけ

不合格

不合格の印を貰った日
茫然と電車の先頭に立ちつくす
電車は
迫ってくる建物を
片っぱしからなぎ倒し

左に右にかきわけ
かきわけ
驀進してゆく

速度が落ちはじめると
目に涙が……

視線

サングラスの人は
気の小さい人や
恥ずかしがりの人などで
怖くはない

用心したいのは
他人の視線だ

光線というものはまっすぐ走って
素直だが
人間の視線は身体を抜いて
こゝろにとゞく
カーブしてうしろをのぞいたり
ご用心を

待つ

電車きた
ホームで待っていた母子連れの
子供が立ち上がって叫んだ
いまどき電車に感激するなんて
うるさいガキだ

電車は止まって

ドアはひらいた
私は乗り込んで
ふと　ホームを見ると
うごきだした電車を
母子は見送っていた
子供は待っていたのだ
誰かを　何かを

待つものの　なくなった家へ
私の電車は次第にスピードを上げはじめた

取り消し

それでは
このはなしは
なかったことにして
それでは私も
きかなかったことにして

冗談にしても私には
すこしきつすぎる気がして

なかったことにしましょう

息づまりのなかに
風通しのよい空白を見つけて
ハハハ…とわらっている

木の枝

木の枝は
親と離れて
上へ上へ伸びようとするものです

若いときは
背のびをすると

本当に高くなることがあります

読んでもいない本を
友だちの前で読んだふりをしたため
帰ってから本当に読み
少し賢くなったことがあります

出ておいで

カメラを向けると
口を閉じて
髪に手をやり
とり澄ます

心を文字にしようとすると
飾ったり誇張したりする

本当の顔よ心よ
恥ずかしがらずに
出ておいで

空気

山や建物は　骨
空気が肉体だと
画家のセザンヌは　いった

骨ならぬ肉体は　愛や悲しみを負って
しきりに　浮遊する

ゆうべ夜っぴて
嵐は何を叫んでいたのか

こころより先に涙ぐみ
先に蒼《あお》ざめたりする
肉体としてのお前

バスと私

走っていったのに
バスは出てしまった

やっと次のバスに乗れて
ふと　降りる駅に気づいて
あわてゝ立ち上がったとたん
ドアはしまってしまった

今度こそと気をひきしめて
うまくとび降りたと思ったら
違う駅だった

大きな図体をひきずって
最終バスはゆっくり消えていった

思えばそんな人生だった

*

パラソル

花火が
パラソルをひらいた
その下に　きみ

風

吹きつのる風に
帽子を吹きとばされ
マフラーをはずされ
懸命にきみを呼んだ
声もうばわれた
一九五〇年
あのころ
あの日のこと

声

すゞむしの声
降ってくる月光の
声のように思えてくる

かなしみ

太陽が　くまなく夜を洗い
ながしてくれたのに
ポケットのなかや
引出しのなかに残る
かなしみ

ぬくみ

冷たい言葉を投げて
席を立った　男の
椅子に　ぬくみがしがみついていた

皮

地球を包む空気の皮のなかに
生きているのに
林檎の皮をむいて捨てている

会議

ギョロリと音をたてて
目玉をうごかした男
寝たフリをする人がいるが
起きたフリをしている人もいる

視線

電車にスマートな若者が
入ってきた
若い女性が目を光らせた
その女性を見ている私
その私に目を注いでいる
斜め向いの人物

処方

本当の心を注射して
絆創膏のように切手を貼って
送ったが
効かなかったらしい
お世辞の毒を入れてみた

元気が出てきました
と返事がきた

無名人

上ってきたエレベーター
ドアがひらくと
とび出してきた有名人

ヤァと会釈して
無名人は入れ替りに

下へ下へと下りてゆく

スタジアムでは
第三コーナーにさしかゝった
ランナーの上に
雲の切れ目から覗く一すじの夕陽が
光をそゝぎはじめる筈だ

事件

世はなべて
こともなく

不意に事件が起ると
世を切り裂いた断面を
断層や水族館のように

見せつけて

それもひととき

世はなべて

こともなく

叱られて

「叱られて」と題して
バルビゾン派のフレールは
柱にもたれて泣く
少年を描いている

土田麦僊は「罰」と題して
廊下に立たされて

しょんぼりした少年たちを描いている

藤田湘子には
愛されずして沖遠く泳ぐなり
の句がある

夏はもう終わろうとしていた

約束

遠い土地からの電波に応えて
わが家のチューリップも
赤の花を着けた

北の国へ白い鶴も
翼をひろげて旅立った

郵便はがき

恐縮ですが、切手を貼ってお出し下さい

5 3 1 - 0 0 7 1

[受取人]

大阪市北区中津3－17－5

株式会社
編集工房ノア 行

★通信欄

通信用カード

お願い

このはがきを、当社への通信あるいは当社刊行書のご注文にご利用下さい。
お名前は愛読者名簿に登録し、新刊のお知らせなどをお送りします。

お求めいただいた書物名

本書についてのご感想、今後出版を希望される出版物・著者について

◎ 直接購読申込書

(書名)	(価格) ¥	(部数)	部
(書名)	(価格) ¥	(部数)	部
(書名)	(価格) ¥	(部数)	部

ご氏名　（　　歳）　電話

ご住所　〒

書店配本の場合	取	この欄は書店または当社で記入します。
県市区　　書店	次	

仲間を連れて

忘れていた
忘れていた
私にも約束があった
応えねば
急がねば

帰途

朝　出かけるとき
もう夕方の帰り道の
たのしさを想像している

月　水　金の皮をむいて
やっと美味しい土日を味わうように

只今、おかえり、の声の行き交う
相手をもたぬ人にも
仕事をやりおおせたあとの
ホッとしたやすらぎは
すばらしいのだ

仲間はずれ

むかし大阪には五階百貨店という
靴の片一方でも売る古物店があった
尼崎にはタバコを二三本にわけて
売ってくれる店があった
道にきれいなタバコの吸い殻を見つけて

靴のヒモを結ぶフリをして拾い
恥ずかしそうに俯いて行く人がいた

そんな私や店や時代があった
もの悲しく　可笑しく

洗う

よごれた手をぬぐって
足を洗って
さて　と
立ち直って出かけたのに
顔を洗って
出直してこい

の啖呵を浴びたが
洗っても洗っても
化けの皮ははげなかった

口惜しさに茫然としていると
やさしい涙が洗い流してくれはじめた

普通の声

トルコという土地で
絵を描いていると
見物人があつまってくる

子供まで交って
あの山の色はもっと青い
あの道はもっと曲っている

木の枝をごまかしている
と、うるさくて仕方がないらしい

そんな話を思い出しながら
空想に遊んであるいていると
雲をはなれた陽が出た途端
くっきり
現れた正確な僕の影
普通の声をバカにするな、と
叱られた気がした

答え

いないか　いや　いるだろう
いるか　いや　いないだろう

あるか　いや　ないだろう
ないか　いや　あるにちがいない

会えるか　いや　会えないかもしれない

会えないか　いや　ひょっとすると
パスしているか　いや　ダメだろう
ダメか　いや　ひょっとして
そうして　そのどれでもなかった
見事な人生の答えの
かずかず

*

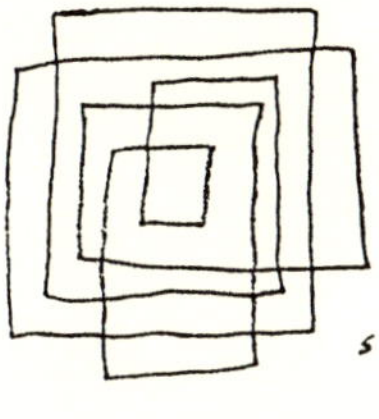

家出

女の家の前を
行きつ戻りつしたあと
近くの神社の鳥居をくゞって
手を合わせた

なぜか土手の上へ登って
小学校の校庭を走り廻る

子供たちを見ていた
一匹の黒猫が道を横切った

駅に着くと
窓口で、終点までは
いくらですか　と尋ねていた

そんな十八才がいた

動植物集

虎の子を大きな蝦蟇《がま》口に
仕込んで　猫背のくせに
蝙蝠傘をさして　千鳥足で
あるいてくる人が　胡麻塩あたまで
松葉杖をついてくる人と
出あって何か話しはじめている

あいさつ

みなさん
としはおいくつですか

わたしはぴったりです
うちは来年ヤクを迎えます
おれはウサギや
わたしは　三年たつと
五頭目のトラを迎えます

乗り換え

阪急電車を降りて
ＪＲへ
ＪＲから南海電車へ
南海からバスへ
そしてある日は地下鉄へ
地下鉄からタクシーへ
自分を入れ替えるわけにもいかず

乗り継ぎ乗り換え
いつも目指すところは
遠かった

人の世に直通は
なかった

呼んでいたのは誰だったのだろう

正反対

電車のホームの向い側に
友を見ることがあった

オーイと
声かけてもとゞかず
私と同じ改札口を通ったのに
正反対の方向へ

彼は去って行くのだった

夏以来、その彼を見かけなくなった
何故だかさびしい
彼がイバラの道を歩んだ噂をきいていたので
体制の道を辷っている気恥ずかしさが
胸にチカチカする

次第に　秋深く

わからない

お父さんは
お母さんに怒鳴りました
こんなことわからんのか
お母さんは兄さんを叱りました
どうしてわからないの

お兄さんは妹につっかゝりました
お前はバカだな

妹は犬の頭をなでゝ
よしよしといゝました

犬の名はジョンといゝます

待つ

待って
待っても
待つものは来ず
禍福はあざなえる縄というのに
不幸のつぎは
また不幸の一撃
ふたたび一発

わざわいは重なるものとも
知らず
もう疲れきって
どうでもいゝと
ぼんやりしていた
それが
幸せだったと気づかず

気づかずに

けなされているのに
ほめられていると思い
皮肉られているのに
ほめられていると思い
他人をほめているのを

自分のことをいわれていると思い
いゝ気になっているのに
このごろ気がついた
気づかず生きていた
しあわせ

うしろ髪

うしろ髪にひかれる想い
おさえきれず
がまんしきれず
かどを曲るとき
思いきって
振りかえると
もう誰の人影もなかった

去り行く背中に
思いたちきれず
オーイ　と声をかけてみた
しかし
その背中は振りかえらず
かどを曲って
消えた

さよならの声もなく
手をふるでもなく
だまっていつも目を閉じた
おまえ　きみ　あなた

忘れもの

いま出掛けたばかりです
それは残念でした
いえいえ　ご心配には及びません
主人はすぐ戻って参ります
忘れ物に気づいて

いつも必ず何かを忘れて出掛けるんです

ほれ　ベルが鳴りました
玄関に現れたのは　しかし
郵便屋だった
彼はそのまゝ帰ってこなかったという

一年

山々に
浅ミドリの色が点々と生まれたと
たのしんでいたのに　みるみる
ミドリが濃く紺色になって鬱蒼と重く
蟬の声も消えてしばらく
彼らも老いて黄ばみ
赤い紅葉のかたまりが映えていたのも束の間
頂上近くでは葉の散った枝々が見え出し

今年も古い一軒の館が
梢のヴェールを透して見えてきた
枝の繁りが多いので今年は見えにくい
気になるので双眼鏡を手にとってみた

いつも見えていた窓らしきところに
灯がともっていたのだ
ホーッと思わず声が出た

ぼくの部屋のテレビでは
ピアニストの白い手が
蝶のようにとびはねている

ことば

ある美術館の壺の絵の表題が
「置く」と書かれているのに感心した
置くという言葉によって
壺が生きた血がかようようだった
壺とはAとかB同様の符号にすぎない
それが、ことばをつけることによって人間の仲間になり

さわるものになり
持つものになり
血のかようものになるのだ
ことばによって物は発見され
生きて我らの仲間になる

世界はことばによって発見されつゞける

わかってます

列車の前の席で
本を読んでいる人が
紙片をおとしたのに
読みつづけている
拾ってあげようと
手をのばすと
「わかってます」

といわれた　と
内田百閒は書いている

折り返しの電車の終点で
まだ眠りこけている人がいた
僕が肩をたたいてあげると
「わかってます」
といって　また眼を閉じた

きみは過ぎてきたなつかしの道を
また辿ろうというの

僕は見知らぬ道に向って
まだ乗り継いでゆくよ

手紙

久しぶりの手紙
歌舞伎のセリフをまねて
（ええ　ご新造さんえ）
手紙を二つに折って
（おかみさん）

四つに折り返して
（お富さん）
八つに折り返して
（いやさ、おトミ）

にぎりしめて
（久しぶりだなあ）

屑かごにほうりこめずに
目がうるんできやがった

一日

一日中
がまんして
イヤダ
キライダ

ダメダ
その口ぐせは出さなかった
帰って家族の前で呟いてみるか

「お母さん
お父さんが玄関で何か
ブツブツ言っているよ」

進行形

あの時計は止まっていますね
故障ですか
いいえ　調整中です

お店は閉めたのですか

閉店とか
いえいえ
準備中です

止めても　止まらぬものならば
ころがせ　ころがせビール樽

おやすみ

兵隊サンハ可哀ソウダネ
マタ寝テナクノカヨー

消灯ラッパ吹奏の名手
Ｋ上等兵の吹く旋律が
眠れぬ一夜
とおくひそかに

嫋々と胸のなかに
ながれてくることがある
もう　いいんだよ
とおい　とおい　記憶なのだ

ゆっくり
おやすみ

詩は

短い夏には詩がある
長い夏にはない

さらばには詩がある
こんにちはにはない

敗北には詩がある

勝利にはない
貧乏には詩がある
金持にはない
夜には詩がある
昼にはない
少数には詩がある
多勢にはない
ないものに

詩はさがせないか

無いことにこそ詩はあり
在ることにはないのだ

いや　いや
世界すべてに詩はあるのだ

*

叩く

初年兵の頃の日記を見ると
毎日　ビンタをはられていた

失敗した
忘れものをした
怠けた

落伍しては
往復ビンタを受けた仲間
呉服の行商人
重い機銃に肩を貸してくれた
馬力挽き
覚えの悪かった松脂採り
（みんな　いい奴だった）

プロ野球で
ホームランを飛ばして
よってたかって
頭を叩く

すごい
サンキュウ
うらやましい
こんちく生
さきをこしやがって

戦艦大和に生き残った少年兵
むつかしい仕事をやり終えて
「でかした、よくやった」の声と共に
パーン　と一発
大きなビンタを受けた*

天晴のあいさつだったのだ

＊鬼内仙次『ある少年兵の帰還』（創元社）

しんがり行

母は運動会はキライ
といった
いつも　あんたがベッタを
走っていたから
そのかわり
勉強の成績は
一番か二番だったのだ

中学へ入ると
秀才がうようよいて
いきなり二十番に落ちた
それから下降線をたどりはじめ
大学では遂にベッタに落ち込んだ

そんなことを夢に見ていると
田舎道で昼寝をしていたらしい農婦を
巡礼の人たちが見つけて
助け起こしたという話を聞いた
丁重に御礼を
いうのをよくきけば

巡礼の白装束を見て
あの世に誘われたと
錯覚したらしい
何じゃい　この世の道かいと
がっかりしている
私も　ハッハッと笑おうとしたとたん
モシモシ　と
太い声
終点ですよ
折り返しはありませんよ
早く降りて下さい　早く
わけもわからず

とんで降りて消えた

帽子

ルネ・クレールの映画
「最後の億万長者」に
価格調整のため
帽子をどんどん川に捨てるシーンがあった
ブラジルでコーヒーを焼くより面白い
僕の帽子は
筋金入りの中学の学帽から

思想の噴火が天井を破る
弊衣破帽の高等学校を経て
四角形の大学帽子をかぶり
星のついた赤い軍帽の時代を経て
ソフトに変ったが
世界に君主制ははやらなくなり
民主制が大手をふり
みんな帽子を捨て出し
日本帽子会社はつぶれた
男子は野球帽に似た
キャップを頭にのせ
帽子は

女子の新婚旅行に用いられ
日本の皇后は
櫛のように斜めに帽子を頭にのせられたが
川柳に曰く
「落ちかけているのではない婦人帽」

犬の声

ゆめさませと叫ぶ　にわとりや
泥棒がきたぞと吠える犬は
日常生活のシンボルでもあって
朔太郎のオノマトペア
「とをてくう、とをるもう」まで生んだが

沖縄から手伝いにきた娘さんが

庭にいる犬を見て　あれは
いつごろ喰べるんですか、といゝ
家族をギョッとさせたが

彼は空襲警報のサイレンが鳴ると
とび出して、その声に応えるように
天を仰いで遠吠えをしたものだった
誰かを呼んでいたのかもしれない

姫路の詩人　沖塩哲也さんは
斥候に出た真夜中、
虫の音《ね》ひとつしない無人の村落の

深い闇の奥から　とつぜん
犬が一声二声吠えた
その瞬間ゾーッとした恐怖のふるえを
いまも忘れない　と語った

いまや遠ざかりつゝある
生きものたちの声

あとがき

何を、今さら、九十七歳にもなって詩集を出すなんて、と思えるが、私は九十歳で死ぬと思っていたのに、思いがけずだらだらとその年齢を過ぎてしまった。そこで九十五歳をめざしていたのだが、編集工房ノアの涸沢さんが私の発表する詩の編々を見て「だいぶたまりましたね。ひとつ詩集を出しませんか」と思いがけないことを言って下さった。「それは無理だろう」と断ったものの、どうやら九十七歳まで生きるらしいので、これまでの詩をまとめてみることにした。

　私の父は静岡の袋井の出身であり、母は長崎の酒屋の娘であった。もともと三菱電機に勤めていた父親は、猪苗代湖の水力発電所の建設に従事しており、大正三年十月十二日に初めて東京へ向かって電気を送り出したと言われている（当時としては日本最大級の三七五〇〇キロワットであった)。

私は生まれて間もなく会津若松を去ったが、後年、処女詩集『夜学生』を出版したところ、会津若松市在住の芳賀義格氏が、同じ出身であることに親しみを持って、詩集にもれた作品を拾い出して自家版を制作して下さった。また第二詩集を出した折りにも、拾遺詩集を作ってくれたほど、私の詩を大事にしてくれた人であった。後年、会津のことを知らない私に街の案内もして下さった。その芳賀さんは、まもなく病をえて亡くなったが、私にとって、かけがえのない恩人であった。

私は関西で育ち、高校時代を旧制松江高等学校で過ごしたが、そこで出会った花森安治氏と田所太郎氏に文芸を吹き込まれ、詩人としては「椎ノ木」の同人であった布野謙爾氏に影響を受けた。

後年、松江高校の十年ほど後輩にあたる森川辰郎氏、佐々木章氏、卜部忠治氏の三人が発起人となって、宍道湖畔に私の詩碑を建立してくれた。詩碑は、黒マントを翻すような時代の荒廃をうたった「旗」という詩だが、小野十三郎氏から

「旗の黒に注目した」という葉書をもらった。詩碑建立の三人は、私にとって忘れがたい恩人である。

振り返ってみると、みな忘れられない思い出ばかりである。

ところで話は変わるが、折しも、この詩集の編纂にかかり始めた時に東日本大震災が起こり、次々と流れてくる報道に動転した。そもそも、私は会津生まれでありながら、東北地方について無知であった。しかし私は、太陽の光に眩しく輝く南の海より、青インキのような北の海、高村光太郎が「キメが細かい」と言ったような北の青空が、好きである。

うなじや太鼓帯の美しさが背中に隠れているように、東北地方の人たちは後ろ側にその美しさを秘めている。表からは見えないその奥ゆかしさや謙虚さを打ちのめすように、大震災が東北の街をハチャメチャにしていったのだ。今こそ、隠れていた背中の印半纏を表に出し、悲境を越えて立ち上がって下さるのを祈るばかりである。奥ゆかしさを蹴破って、激烈なバックストローク、鵯越《ひよどりごえ》の逆落としさながら、大漁旗を翻して新しい日本を築いて下さるように。
詩集の題名を「希望」としたが、少しでも復興への気持ちを支える力になれば、と祈るばかりである。

二〇一一年八月十五日

杉山平一

杉山平一（すぎやま・へいいち）
一九一四年会津若松市に生まれる。神戸、大阪に育つ。一九三七年東京帝國大学文学部美術科を卒業。映画評論を書く一方、田所太郎らと同人誌「貨物列車」、織田作之助らと同人誌「海風」「大阪文學」を創る。詩誌「四季」に投稿、のち同人となる。第二回中原中也賞、第一〇回文芸汎論詩集賞受賞、大阪芸術賞、神戸新聞平和賞、神戸市文化賞、小野十三郎賞特別賞など受賞。現在、帝塚山学院大学名誉教授。日本文芸家協会、現代詩人会、美学会、日本映像学会に所属。
著書『映画芸術への招待』『詩のこころ・美のかたち』『映像言語と映画作家』『映像の論理・詩の論理』『詩への接近』『低く翔べ』『わが敗走』『窓開けて』『詩と生きるかたち』『戦後関西詩壇回想』『映画の文体』、詩集『夜学生』『ミラボー橋』『声を限りに』『ぜぴゅろす』『木の間がくれ』『杉山平一全詩集（上・下）』『青をめざして』『巡航船』現代詩文庫／日本現代詩文庫『杉山平一詩集』など多数。

詩集　希望《きぼう》
二〇一一年十一月二日一刷発行
二〇一一年十二月一日二刷発行
著　者　杉山平一
発行者　涸沢純平
発行所　株式会社編集工房ノア
〒五三一―〇〇七一
大阪市北区中津三―一七―五
電話〇六（六三七三）三六四一
FAX〇六（六三七三）三六四二
振替〇〇九四〇―七―三〇六四五七
組版・株式会社四国写研
印刷製本・亜細亜印刷株式会社

ISBN978-4-89271-192-3
不良本はお取り替えいたします